Choukitsu Kurumatani

MUSASHIMARU

Aus dem Japanischen übersetzt
und mit einem Nachwort versehen
von
Katja Cassing

Mit sieben Illustrationen
von
Inka Grebner

Originaltitel: *Musashimaru*. Zuerst erschienen im Februar 2000 in der Zeitschrift *Shinchō*, Tokyo

ISBN 978-3-944751-11-5

cass schilfboot 1
Erste Auflage 2016

Lektorat: Hans Peter Jugl
Satz: Artographie-Werkstatt, Weimar
Druck und Bindung: Beltz, Bad Langensalza

Printed in Germany

www.cass-verlag.de

MUSASHIMARU

Am Morgen des 20. November 1999 starb Musashimaru. Wenn ich Musashimaru sage, meine ich nicht den derzeit erfolgreichen Yokozuna Koyo Musashimaru, ich meine unser Haustier, ein Nashornkäfermännchen. Da ich ein Fan des Sumoringers Musashimaru bin, habe ich diesen Käfer, der im Kampfe sein stattliches Horn schwingt, Musashimaru getauft. Meine Frau (Junko Takahashi) nannte ihn zunächst »Musashimaru-chan«, woraus – der Angewohnheit der Japaner, Eigennamen abzukürzen, geschuldet – bald »Musashi-chan« und schließlich »Musa-chan« wurde.

Ich will kurz beschreiben, wie Musashimaru zu uns kam. Im Herbst 1994 begründeten wir am Ende einer kleinen Gasse in Dozakacho im Stadtteil Komagome unseren gemeinsamen Hausstand. Meine Frau war neunundvierzig, ich war achtundvierzig Jahre alt, und für uns beide war es die erste Ehe. Kurz darauf riss ich auf dem Heimweg von der Firma aus der

Böschung am Dokanyama vor dem Bahnhof Nishi-Nippori der Yamanote-Linie einen beblätterten Kudzubohnenstengel aus. Als ich ihn zu Hause in eine Vase stecken wollte, saß unter dem großen Blatt ein kleines Insekt. Als ich es am nächsten Tag in einem bebilderten Lexikon japanischer Käfer und Insekten nachschlug, stellte sich heraus, dass es eine Lederwanze war. Die Lederwanze zirpt zwar nicht, lässt aber, wenn sie Blattsaft saugt, von Zeit zu Zeit einen schönen Tropfen Honigtau aus dem Hintern, was uns erfreute.

Dann kam Neujahr 1995, und wir beschlossen, es Soseki Natsume mit seiner scherzhaften »Studierstube« gleichzutun und auch unserem gemieteten Haus einen Namen zu geben. Wir entschieden uns für »Käferklause«. Ich schrieb die Zeichen mit schwarzer Tusche auf einen Bogen handgeschöpftes japanisches Papier, meine Frau und ich setzten unsere roten Signaturstempel daneben, *Choukitsu* und *Jun*, und hängten es an die Wand. Doch als der Neujahrstag zu Ende ging, war von der Lederwanze nichts mehr zu sehen. Wir waren enttäuscht.

Danach zogen wir, weil ich meine Arbeit verloren hatte und wir die Miete nicht mehr bezahlen konnten, in ein kleineres Haus in das benachbarte Komagome-Hayashicho. Auch dort hängten wir unser »Käferklause« an die Wand, doch das einzige, was auf den

蟲息山房

Tatamimatten herumkreuchte, waren Kakerlaken und Ameisen. Als der Herbst sich neigte, gingen wir, wie jedes Jahr, zum Otori-Schrein in Iriya, Asakusa. Dort kaufte meine Frau einen kleinen Bambusrechen. »Mit dem«, beschworen wir uns, »harken wir uns nächstes Jahr Reichtümer zusammen!«

Tatsächlich bekam ich im Sommer 1998, Glück kommt ja oft unverhofft, den Naoki-Preis. Daraufhin kam so viel Geld herein, dass es uns armen Schluckern bald die Sprache verschlug. Ehre und Geld kamen sozusagen Hand in Hand. Darüber freute sich meine habgierige Frau sehr, eröffnete mir: »Wir kaufen ein Haus«, und fand uns im benachbarten Komagome-Sendagicho am Ende einer kleinen Gasse ein baufälliges Haus, das zu verkaufen war.

Dieses Haus gehörte zu den Objekten des Maklerbüros WOHNEIGENTUM AG, hing aber als Angebot auch im Fenster des Maklerbüros IMMOBILIEN & PLANUNG AG, einem Partnerbüro in Sugacho, Nezu. Am Morgen des 4. Januar 1999 ging auch ich im Schlepptau meiner Frau mir das Haus ansehen, und da es mir, wenn auch nur von außen besehen, fürs erste gefiel, reichten wir sofort bei der IMMOBILIEN & PLANUNG AG ein Kaufgesuch ein. Die IMMOBILIEN & PLANUNG AG kontaktierte daraufhin umgehend die WOHNEIGENTUM AG und ließ uns das Haus von innen besichtigen. Zu unserem Erstaunen war das, was der Vorbesitzer zum Leben gebraucht hatte, Schränke, Kleidung, Tische, Stühle, Bücher und so weiter, genau wie er es zurückgelassen hatte. In der Küche lag sogar noch Katzenfutter herum. Es sah praktisch so aus, als hätte man aus einem ganz normalen Tokyoter Haushalt dieser Tage lediglich den Hausherrn nebst Katze und Totentafel entfernt.

Obendrein war das Haus merkwürdig geschnitten. Abgesehen von den zehn Zimmern, die es gab, hatte es fünf Eingänge, drei Treppen, vier Spülen, vier Stromzähler und zwei Toiletten. Es war sozusagen ein geheimnisvolles Labyrinth. Wir wollten es aber trotzdem kaufen. Denn uns gefiel, dass es in einem Viertel lag, das den Krieg überstanden hatte, dass es nicht weit zum Wald vom Nezu-Schrein war, und dass es, am Ende der Straße gelegen und ohne Autoverkehr, ausgesprochen ruhig war.

So begannen die Verhandlungen, in deren Verlauf wir lernten, dass das Haus ein Haus mit einer komplizierten Geschichte war. Ursprünglich hatte es einem Herrn N. gehört, dessen Schwiegersohn, verheiratet mit der ältesten Tochter des Herrn N., auf die Bitte eines befreundeten Unternehmers hin bei einer gewissen Anstalt für Unternehmenskredite die Bürgschaft für einen Kredit übernahm. Doch die Firma des Freundes ging bankrott, und der Freund tauchte unter. Also bat man den bürgenden Schwiegersohn zur Kasse.

Aber der hatte kein Geld und wandte sich in der Not an seinen Schwiegervater, den Herrn N. Herr N. – was blieb ihm anderes übrig – belieh seiner Tochter zuliebe bei Herrn K., einem Zinswucherer aus Shinjuku, sein Haus und tilgte die Schuld. Doch nun war es Herr N., der von Herrn K. zur Kasse gebeten wurde und der, da er nicht bezahlen konnte, sich mit nichts als Katze und Totentafel aus dem Staub machte. Herr K. wiederum pfändete nun das von Herrn N. beliehene Haus und verkaufte es an die GESELLSCHAFT FÜR INDUSTRIEABFÄLLE AG in Saranuma, Adachi. Aber auch die GESELLSCHAFT FÜR INDUSTRIEABFÄLLE AG hatte angesichts der schlechten wirtschaftlichen Lage Probleme, flüssig zu bleiben, und schrieb das Haus über die WOHNEIGENTUM AG sofort wieder zum Verkauf aus.

Das Haus, das meine Frau uns gefunden hatte, war also *belastet*. Zudem stellte sich heraus, dass seine labyrinthische Konstruktion darauf zurückzuführen war, dass Herr N. an Studentinnen der Universität Tokyo untervermietet hatte. Was allerdings nach der plötzlichen Flucht des Hausherrn aus denen geworden war, blieb ungeklärt.

Obendrein gerieten sich im Laufe der Verhandlungen zu unserem Leidwesen Herr S. von der IMMOBILIEN & PLANUNG AG und Herr M. von der WOHNEIGENTUM AG in die Haare. Das Haus war für einen

Preis von 28 Millionen Yen ausgeschrieben gewesen, aber es gab keine Katasterkarte. Daraufhin sagte Herr S., diese sei auf Kosten des Verkäufers, der GESELLSCHAFT FÜR INDUSTRIEABFÄLLE AG, zu erstellen, doch da Herr M. darauf bestand, dass Herr Kurumatani, der Käufer, die Häfte der Kosten zu tragen habe, einigte man sich auf halbe-halbe. Die GESELLSCHAFT FÜR INDUSTRIEABFÄLLE AG und ich sollten jeweils 150.000 Yen übernehmen. Gleichzeitig wurde schriftlich vereinbart, dass eine mögliche Differenz zwischen der tatsächlich gemessenen Fläche und der im Verkaufsangebot genannten Fläche keinen Einfluss auf den Verkaufspreis habe. Als das Grundstück dann im Beisein eines Angestellten der Stadtverwaltung tatsächlich vermessen wurde, stellte sich heraus, dass es gut drei Quadratmeter größer war als im Verkaufsangebot angegeben.

Das konnte Herr M. nicht stillschweigend hinnehmen. In der Vereinbarung stand zwar, dass eine flächenmäßige Differenz im Prinzip keinen Einfluss auf den Verkaufspreis habe, doch Herr N. berief sich auf die Nebenabrede, dass man sich »im Falle einer, der gängigen gesellschaftlichen Auffassung nach, *außerordentlichen* Abweichung« neu zu einigen habe, rechnete die gut drei Quadratmeter in Geld um und verlangte, den Verkaufspreis um 1.050.000 Yen zu erhöhen. Das lehnte Herr S. ab. Mit dem Ergebnis, dass Herr M. ihm ein Ultimatum stellte: Fragen Sie den

Käufer, das Ehepaar Kurumatani. Wenn Familie Kurumatani nicht gewillt sein sollte, 1.050.000 Yen draufzulegen, sind die Verhandlungen gescheitert.

Als mir dieses von Herrn K., einem Mitarbeiter von Herrn S., dargelegt wurde, antwortete ich, ohne mich mit meiner Frau zu beraten, gut, wir legen noch 1.050.000 Yen drauf. Ich war nämlich der Überzeugung, dass das Haus selbst zu einem Preis von 28 Millionen plus 1.050.000 Yen immer noch ein Schnäppchen war. Und so kam es, dass wir am 29. November im Büro von WOHNEIGENTUM AG in Nezu endlich den Kaufvertrag unterzeichnen sollten.

Da es bei solchen Immobiliengeschäften um viel Geld geht, wird das Finanzielle in der Regel per Banküberweisung oder Scheck geregelt, aber der Verantwortliche der GESELLSCHAFT FÜR INDUSTRIEABFÄLLE AG, Herr T., wollte, dass wir die gesamte Summe von 29,05 Millionen an eben jenem Tag in bar mitbringen. Mit einer solchen Menge Geld in der Tasche waren wir bis dato noch nie unterwegs gewesen. Das Geld bei der Bank abzuheben, war einfach, aber es dann zum Büro der GESELLSCHAFT FÜR INDUSTRIEABFÄLLE AG zu transportieren, war gefährlich und bereitete uns Unbehagen. Doch Herr T. war stur und ließ sich nicht erweichen. Seine Nase war merkwürdig platt. Ein auffälliges Symptom bei Kindern, deren Eltern einmal Syphilis gehabt haben.

Blut und Wasser schwitzend transportierten wir also das Bargeld, welches Herr T. dann vor unseren Augen, obwohl die 29,05 Millionen in jeweils 1.000.000 Yen-Bündeln in Bankumschlägen steckten, peinlich genau Schein für Schein zählte. Das dauerte. Als er dann aber fertig war, stopfte er das Geld in seinen Rucksack und verschwand. Noch am selben Tag bezahlte ich der IMMOBILIEN & PLANUNG AG 978.075 Yen Maklerprovision und dem Notar 848.750 Yen für den Eintrag ins Grundbuch.

Nun gehörte das Haus am Ende der Gasse in Komagome-Sendagicho uns. Das dem ehemaligen Bewohner Herrn N. gehörige Mobiliar wurde ordnungsgemäß von der WOHNEIGENTUM AG entsorgt, aber die anschließende Reinigung kostete uns 157.500, die Renovierung 900.944, der Rückbau der vier Stromzähler auf einen 243.600 und der Umzug weitere 82.815 Yen. Als wir dann am 27. Februar endlich einzogen, hängten wir sofort unser »Käferklause« an die Wand.

Das Haus war ein einfacher Holzbau mit zwei Stockwerken und lag direkt hinter dem, in dem Soseki Natsume sein *Wagahai wa neko dearu – Ich, der Kater* geschrieben hatte. Das Haus, in dem Natsume gewohnt hat, steht nun im »Meiji-Dorf«, einem Freilichtmuseum in Inuyama (Präfektur Aichi), und an der Stelle, wo es vormals stand, ein Gedenkstein mit einer Inschrift von Kawabatas Hand: *Hier stand das Haus von*

Soseki Natsume. Deshalb heißt es von den herrenlosen Katzen, die hier durch die Gegend streunen, dass sie die Enkel von Natsumes Katze seien. Und was uns anging: Wir hatten beschlossen, hier zu sterben.

Doch davon abgesehen: Wohin hatte es wohl Herrn N. verschlagen? Im Bürgerbüro Shiomi, einer Außenstelle der örtlichen Bezirksverwaltung, hatte er sich nicht abgemeldet. Dass ihm ein solches Elend und uns ein solches Glück widerfahren war, erschütterte uns. Da Herr N. anscheinend geflohen war, ohne seine Rechnungen für Strom, Gas, Wasser, Telefon, Steuern und so weiter zu bezahlen, kamen nach unserem Umzug ständig Vertreter vorbei, die von uns wissen wollten, wo er abgeblieben sei. Und nicht nur das. Anscheinend hatte Herr N. auch keinem seiner Freunde oder Bekannten Bescheid gesagt, so dass auch diese, da sie nicht wussten, dass er sich aus dem Staub gemacht hatte, ständig vorbeikamen und überrascht wieder abzogen.

Aber wie auch immer, uns interessierte, was die GESELLSCHAFT FÜR INDUSTRIEABFÄLLE AG, die uns das Haus verkauft hatte, wohl für eine Firma war. Eine Firma, die beim Abschluss eines Kaufvertrags Bares sehen will, was mag das für eine Firma sein, fragten wir uns, da stimmt doch was nicht. Und so bestiegen wir am 19. Juli vor dem Bahnhof Nippori den Bus und fuhren nach Saranuma.

Eigentlich hatten wir nur vorgehabt, zu gucken, wie eine Gesellschaft für Industrieabfälle aussieht und dann wieder nach Hause zu fahren. Als wir jedoch ankamen, fanden wir an der im Kaufvertrag angegebenen Adresse der GESELLSCHAFT FÜR INDUSTRIEABFÄLLE AG zu unserem Erstaunen eine Schreinerei und daneben einen Parkplatz. Wenn man eine Immobilie verkauft, muss man ans Finanzamt selbstverständlich Verkaufssteuer abführen, aber da die GESELLSCHAFT FÜR INDUSTRIEABFÄLLE AG am eingetragenen Ort nicht existierte, war sie vermutlich eine zum Zweck der Steuerflucht eingerichtete Briefkastenfirma gewesen. Wir waren fassungslos.

Damit hatte sich unser Vorhaben erledigt. Ich rief mir Herrn T.s jämmerlich geformte Nase ins Gedächtnis. Da es neben der Bushaltestelle in Saranuma einen großen Park mit dem Namen Toneri-Park gab, beschlossen wir, einen Spaziergang zu machen und anschließend nach Hause zu fahren. In diesem Park fand ich, unter einem Baum, einen Nashornkäfer. Sofort steckte ich ihn in meine Umhängetasche. Das Herz schlug mir vor Freude bis zum Hals. Auf dem Heimweg kaufte ich in einem Haushaltswarengeschäft der Yanaka-Ginza einen Benkei-Korb (einen Siebkorb, den man zum Reiswaschen verwendet), stellte ihn, sobald ich zu Hause war, mit der Rundung nach oben auf und ließ den Käfer hinein. Der Käfer krabbelte

umher. Wegen seiner gedrungenen, schwarzen und angriffslustigen Gestalt taufte ich ihn *Musashimaru*. Schließlich stammte er ja auch aus dem Wald von Musashino.

Es wurde Abend. Mir fiel ein, dass die Kinder im Haus einer ehemaligen Kollegin, Mariko Ogawa, vormals einen Nashornkäfer gehalten haben sollen, also rief ich sie an. Unseren Käfer, sagte Mariko-san, haben wir im Koishikawa Korakuen gefangen, seine Leibspeise war Melone, Wasser- oder Zuckermelone, Hauptsache süß, und am 15. September ist er gestorben. Ich schlug im bebilderten Lexikon japanischer Käfer und Insekten nach. Dort stand, dass der Nashornkäfer zur Familie der Blatthornkäfer gehöre, auch als »Gleditschienkäfer« bezeichnet werde, das Hundertfache seines Körpergewichts stemmen könne, sich in Techniken wie zum Beispiel Abtauchen, Ausschlagen, Mit-eingezogenem-Kopf-Angreifen, Hornhakeln, Stemmen, Stoßen, Heben und Hebeln übe, dass er allerdings fast blind sei, Nahrung beziehungsweise Weibchen mit den zwei Fühlern links und rechts neben dem Maul und der Spitze seines Horns erschnüffele, im Frühsommer schlüpfe und im Frühherbst sterbe.

Da wir just am selben Abend nach meinem Gespräch mit Mariko-san eine Zuckermelone geschenkt bekamen, legte ich ein Stück davon in den Korb;

Musashimaru biss sich mit zappelnden Hinterbeinen daran fest. Bestimmt hatte er in der freien Natur des Toneri-Parks bislang nur an Eichen- oder Gleditschienblättern gesaugt, den süßen Saft einer Zuckermelone genoss er wohl zum ersten Mal. Die Intensität seines körperlichen Einsatzes versetzte mich in Erstaunen.

Als wir aber am nächsten Tag aufstanden und nachsahen, war Musashimaru nicht mehr im Korb. Den Korb hatten wir vorm Zubettgehen auf die Kommode im Wohnzimmer gestellt. Der Käfer musste ihn mit dem Horn hochgestemmt haben und getürmt sein. Im Lexikon hatte zwar gestanden, dass er ein Kraftprotz sei, aber einen Benkei-Korb zu stemmen und sich davonzumachen – das war ja ein Herkules! Meine Frau und mich hatte es kalt erwischt. Sofort stellten wir das ganze Haus auf den Kopf. Und fanden Musashimaru auf dem Fußboden in der Küche, auf dem Rücken liegend. Diesmal stülpten wir eine Schüssel über den Korb. Da Nashornkäfer nachtaktiv sind, schlief Musashimaru den ganzen Tag; seine schwarzbraunen Flügel glänzten geradeso wie eine Stradivari.

Am ersten Abend hatten wir ihm Zuckermelone gegeben, aber da wir nicht immer solche exklusiven Früchte im Haus haben, gaben wir ihm ab dem nächsten Tag Wassermelone, die meine Frau beim Gemüsehändler besorgte. Zu unserem Erstaunen vertilgte er ein Stück, das ungefähr so groß war wie er selbst, und

ließ dann ebenso viel roten Tau ab. Zum Pinkeln hob er eines seiner Hinterbeine an und spritzte nach hinten ab. Als ich eines Abends in den Korb auf der Kommode spähte, spritzte mir ein Tropfen ins Gesicht. Meine Frau lachte.

Nach dem Abendessen holten wir den Käfer immer aus dem Korb und setzten ihn in der Küche auf die Dielen. Dort übte er sich im Ausschlagen, Angreifen, Hebeln und so weiter; einmal krabbelte er sogar bis zum Kühlschrank und versuchte, den mit seinem Horn zu stemmen.

Das Allerseelenfest im August ging vorbei. Da meine Frau in den Sommerferien verreisen wollte, fuhren wir in das Hotel Taishokan im Badeort Naguri in Oku-Chichibu. Dort ist früher Bokusui Wakayama hin und wieder abgestiegen, und dort hat er unter anderem »Im Zedernadeltal / aufs Dach der Kurpension / geworfen / die weiße Blüte eines Teestrauchs« und »Das radiumhaltige Bad ist zwar voll / doch schmutzig und nurmehr lauwarm / im Fenster blüht eine Pflaume« verfasst. Da wir Musashimaru nicht alleine lassen konnten, packten wir ihn samt Korb und Melone in eine Papiertragetasche und nahmen ihn mit. An der Station Hanno der Seibu-Ikebukuro-Linie stiegen wir aus und fuhren mit dem Bus weiter. Verängstigt vom Vibrieren des Busses, gebärdete sich der Käfer im Korb wie toll.

Meine Frau veröffentlichte in *Kori ichigo* (»Erdbeereisschnee«), dem Seminarmagazin eines im Fachbereich Japanische Literatur der Literarischen Fakultät der Hosei-Universität angebotenen Seminars zu Junko Takahashi, erschienen am 29. August 1999, folgendes Gedicht.

Das Nashornkäferhaus

Unter einem Baum im Toneri-Park in Adachigahara
Fand mein Mann einen Nashornkäfer.
Was hast du da?
Kam sofort ein Junge aus der Nachbarschaft
herbeigelaufen.
Mein Mann sagte nichts und steckte den Käfer in
seine Umhängetasche.

Wir stülpten einen Siebkorb auf die Kommode
Legten ein Gleditschienblatt
Ein Stück Melone
Und ein Schälchen mit Zuckerwasser darunter.
Den Käfer mit dem prächtigen Horn taufte mein
Mann Musashimaru.

Am nächsten Morgen war der Siebkorb leer.
Musashimaru hatte ihn mit seinem Horn gestemmt
und
War getürmt.
Mein Mann betrachtete den leeren Korb.
Herkules fanden wir schließlich auf den blanken
Boden gestürzt
Den Bauch nach oben.
Lebendig.

Musashimaru krallt sich an den Korb, lässt die Beine baumeln
Hängt sich schief, hängt sich kopfüber
Ruht dank seiner sechs Beinchen in den verschiedensten Stellungen.
»Er hat weder Blut noch Nerven, deshalb macht ihm das nichts.«
Zwei Stunden später lässt er das Horn sinken
Und streckt das Beinchen hinten links so weit wie möglich in die Höhe.
»Was ist denn das für eine Stellung?«
Die Pose mit den Beinen auf der Erde war wohl nur fürs Lexikon.

Die ruhige Zeit mit dem Käfer
Ist für die neurotische Seele meines Mannes
Wie Balsam.
»Musashimaru hat noch einen Monat zu leben,
aber davon weiß er nichts.«
»Er ist ein bisschen größer geworden.«
In dem Haus, in dem der Käfer ruht,
Legen auch wir uns zur Ruhe.

In der Käferklause

Anfang September ging der Heizkessel fürs Bad kaputt. Wir bestellten jemanden von Tokyo Gas und beauftragten ihn mit der Reparatur. Der Monteur versuchte, den Deckel des Gaswärmespeichers mit einer Elektrosäge zu öffnen. Das furchterregende Kreischen der vibrierenden Säge hallte durchs ganze Haus. Und führte dazu, dass Musashimaru sich (davon verschreckt) wieder wie toll gebärdete.

Schließlich ging es auf den 15. September zu. Das war der Tag, an dem bei Mariko-san der Nashornkäfer gestorben war. An unserem Musashimaru ging der Unglückstag jedoch spurlos vorbei. Nächstes Ziel war der 19. September. Dann wäre Musashimaru nämlich genau zwei Monate in der »Käferklause«. Jeden Morgen spähten wir jetzt inständig betend in den Korb. Aber auch der 19. September ging glücklich vorüber.

Am 20. September bekam meine Frau einen Brief von Ryoko Shindo aus Atami.

»Heute gehen die langen Sommerferien meines Mannes (Anmerkung: Keiji Furuya, Professor für Chinesische Geschichte an der Kinki-Universität) zu Ende. Wir halten uns in einem Insektenkasten auch einen Nashornkäfer. Mein Mann hat das Substrat ›Frischlaub‹ gekauft und verabreicht ihm außerdem ein sogenanntes Nährstoffgel, so etwas wie mit natürlichem Baumsaft angereicherter Honig. Wenn das Horn noch 1 mm länger wird, ist der Käfer 1 Million wert, sagt mein Mann, zerstößt im Mörser Bonito-Flocken und mischt sie unter das Gel, das der Käfer allerdings verschmäht. Mein Mann hat ihm auch eine Art Zweig gekauft, auf dessen Spitze er sich, wie es scheint, große Mühe gibt, Insekten zu fangen. Neuerdings liegt er im Substrat. Es heißt, er habe eine Lebensdauer von etwa sechs Jahren.«

Als ich »1 Million« und »Lebensdauer von etwa sechs Jahren« las, dachte ich, dass Frau Shindo ihren Nashornkäfer bestimmt mit einem Hirschkäfer verwechselt. Tatsächlich stand im nächsten Brief: »Unser Käfer ist kein Nashornkäfer, sondern ein Hirschkäfer. Da er einem beim Füttern in den Finger beißt, nennen wir ihn ›Herrn Undank‹.« Als sie kurze Zeit später anrief und ich nachfragte, sagte sie, dass er ihnen in ihrem Landhaus in Omuro-Kogen auf der Halbinsel Izu durchs Fenster zugeflogen sei.

»Ihr nennt ihn also ›Herrn Undank‹, ja? So etwas rächt sich.«

»Ach was! Hirschkäfer leben sieben Jahre, sagt man. Euer Nashornkäfer bringt es gerade mal auf sechs Monate. Pass mal auf, der stirbt euch morgen.«

Das war gemein. *Verdammt*, dachte ich. Sie hatte genau das ausgesprochen, was ich insgeheim am meisten fürchtete.

Es wurde Oktober. Unaufhaltsam hielt der Herbst Einzug. Dass Musashimaru noch am Leben war, kam mir vor wie ein Wunder. Er war kein bloßer Käfer, hatte ich das Gefühl, sondern quasi unser guter Hausgeist. Wir stiegen in den Zug und fuhren zum Yoyogi-Park, um uns dort mit den bei Hornkäfern beliebten Gleditschienblättern einzudecken.

Zu unserem Leidwesen verschwanden zu dieser Jahreszeit die Wassermelonen aus dem Sortiment der Gemüsehändler. Meine Frau klapperte dennoch eine Reihe von Geschäften ab und trieb schließlich welche auf. Wassermelonen, erklärte sie, seien als diuretisches Lebensmittel für Zuckerkranke unverzichtbar. Doch als ich eine aufschnitt, war das rote Fruchtfleisch schon zu einem zähflüssigen Brei geschmolzen. Das konnte ich Musashimaru auf keinen Fall vorsetzen. Ich fragte meine Frau; die Melone, sagte sie, habe 200 Yen gekostet. Das geht nicht an, dachte ich, und kaufte eine für 1.800 Yen. Eigentlich bin ich von Natur aus eher kleinlich, geizig und habgierig, jemand, dem es selbst zu schade ist, auf die Straße zu spucken, aber für Musashimaru war mir keine Summe der Welt zu hoch.

Doch das Fortschreiten des Herbstes drückte aufs Gemüt. Tag für Tag wurde es kälter. Was bedeutete, dass Musashimarus Ableben näherrückte. Natürlich hatte Musashimaru als Käfer kein Zeitempfinden und wusste folglich auch nichts von seinem Tod, aber wir, meine Frau und ich, waren uns des drohenden Endes schmerzlich bewusst. Der Mensch, der um seine Endlichkeit weiß, ist ein bedauernswertes Geschöpf.

Der Oktober ging vorbei. Nun lag die Tiefsttemperatur Tag für Tag unter 15 Grad. Neben dem Kühlschrank, dachte ich, wäre es vielleicht ein oder zwei Grad wärmer, doch als ich den Korb umstellte, hörte Musashimaru auf zu fressen. Auf das Vibrieren des Kühlschranks reagierte er allergisch.

Ich wies meine Frau an, die Heizdecke hervorzuholen, anderthalb Monate früher als in den Jahren zuvor, breitete eine Binsenmatte darauf aus, legte obendrein eine Plastiktüte und einige Lagen Zeitungspapier darüber, setzte Musashimarus Benkei-Korb darauf und bedeckte ihn mit einem Einschlagtuch. So wurden es unter dem Tuch etwa 28 Grad.

Damit war ich fürs erste beruhigt. Doch nur kurz, denn im Korb geschah etwas Merkwürdiges. Musashimaru wurde brünstig, entblößte, egal ob morgens, mittags oder abends, sein am Abdomen in der Nähe des Hinterns sitzendes Geschlechtsteil und irrte auf der Suche nach einem Weibchen durch den Korb, zuweilen traktierte er mit den Klauen seiner sechs Beinchen das mehrlagige Zeitungspapier, kratzte ein Loch, tauchte darin ab und verschob so den Korb nebst aufliegender Schüssel. An »weiten« Tagen bewegte er ihn gute dreißig Zentimeter.

Diese Vehemenz machte meine Frau und mich

ratlos, aber als ich Musashimaru aus dem Korb ließ und ihn mit den Fingern der linken Hand stoppte, schien er meinen Mittelfinger für ein Weibchen zu halten und krallte sich daran fest. In der irrigen Annahme, dass es sich bei der Vertiefung zwischen Fingerkuppe und -nagel um die Spalte einer weiblichen Scham handele, stieß er ebendort ungestüm seinen Penis hinein und ließ seinen ganzen Körper, einschließlich Barthaar, zittern und zucken. Dieser Geschlechtsakt nahm jedes Mal (zeitlich gesehen) gute zehn Minuten in Anspruch. Musashimaru brachte zehn Gramm auf die Waage. Sein Penis maß 1 Zentimeter. Ich wog 59 Kilo. Mit diesem Gewicht zehn Minuten lang ununterbrochen zu Penetrationszwecken zu stoßen, erfordert beträchtliches Stehvermögen. Doch Musashimaru mit seinen gerade einmal zehn Gramm hielt länger als zehn Minuten durch.

So ging das etwa vier Tage lang. Mittlerweile klebte Musashimaru, wie Zahnpasta, ein guter Zentimeter weißen Spermas am Penis. Und schlimmer noch – er pinkelte nicht mehr. Das beunruhigte meine Frau. Sie tauchte ein Stück Watte in warmes Wasser und wischte ihm sorgfältig das Sperma ab. Daraufhin fiel ein durchsichtiger Tropfen von der Spitze seines Penis. Für mich hat sie so etwas nach dem Verkehr noch nie gemacht. Ich roch an dem Sperma, das meine Frau Musashimaru abgewischt hatte. Im Gegensatz zu menschlichem Sperma roch es nach nichts. Ein weißes, weiches Häufchen.

Doch das Feuer der letzten Tage hatte schlimme Folgen für Musashimarus Gesundheit. Als er erneut das Zeitungspapier traktierte, um sich ein Loch zu buddeln, brach er sich von seinen sechs Beinchen (auch wenn Käfer keine Knochen haben) das linke Vorderbein und verlor die Klaue. Aber da Käfer weder Blut noch Nerven haben, schien er keine Schmerzen zu spüren und bewegte sich weiter behende mit dem gekürzten Bein.

Am 23. Oktober kam erneut ein Brief von Ryoko Shindo aus Atami.

»Am 22. Oktober ist ›Herr Undank‹ von uns gegangen.

Als er uns in Omori-Kogen zuflog, war er wahrscheinlich schon etwa sieben Jahre alt, sagt Furuya, und das, obwohl ich ihm doch haufenweise Futter gekauft habe! Nächstes Jahr will er sich wohl für etwa dreihundert Yen einen jüngeren ›Herrn Undank‹ zulegen.

Die vermeintliche Zahmheit war demnach wohl keine Zahmheit, sondern bloße Altersschwäche. Jetzt ist Furuya deprimiert, und man muss aufpassen, was man sagt. Jeden Tag fragt er, wie es Musashimaru wohl geht.«

Hah, dachte ich, das geschieht euch recht.

Es wurde November, Frostmonat. Dass Musashimaru den noch erleben würde, hätte ich nicht gedacht. Mittlerweile kroch einem die Kälte durch die Füße, aber Musashimaru ging es gut. Wir waren ein kinderloses Ehepaar, das die Fünfzig bereits überschritten hatte. Die Tragik eines kinderlosen Ehepaars hatte uns der Freitod von Jun Eto am 21. Juli 1999 bewusst gemacht. Jun Eto hatte neun Monate zuvor seine Frau, Keiko Egashira, verloren und aus Schmerz über diesen Verlust Selbstmord begangen. Wenn ich jetzt so darüber nachdenke, war der 21. Juli Musashimarus dritter Tag in der »Käferklause«. Irgendwann waren meine Frau und ich dazu übergegangen, uns gegenseitig »Mutter« und »Vater« zu rufen.

Auf einmal wurde Musashimaru wieder brünstig. Wie beim vorigen Mal traktierte er mit den Beinchen das Zeitungspapier, kratzte ein Loch, schob wie ein Wilder mit seinem Horn den Korb herum und fing wieder an, mit meinem Finger zu kopulieren. Diesmal allerdings ohne Sperma. Als ich ihn auf die Waage stellte, wog er nur noch 9 Gramm. Wahrscheinlich hatte er beim letzten Mal seinen ganzen Spermavorrat abgegeben. Dieser hatte demnach 1 Gramm gewogen. Das waren unglaubliche zehn Prozent seines Körpergewichts. Als ich ihn mir, leer wie er war, auf die Hand setzte, war deutlich zu spüren, dass er leichter geworden war.

Bei dieser zweiten Raserei verlor Musashimaru an vier seiner fünf Beinchen die Klaue. Jetzt hatte er nur noch rechts vorne eine, doch dieser Verlust schien ihm gar nicht bewusst zu sein, munter versuchte er, ohne Klauen, an den Innenwänden des Benkei-Korbs hinaufzuklettern. Aber ohne seine dreigliedrigen Krallen konnte er sich nicht an den Maschen festhalten. Und fiel von der Korbwand hinab, auf den Rücken. Da ihm aber die Klauen fehlten, kam er von selbst nicht wieder auf die Beine. Wieder und wieder mussten wir in den Korb gucken und ihn auf die Beine stellen.

Solchermaßen eingeschränkt, konnte Musashimaru beim Pinkeln das Hinterbein nicht mehr heben und pinkelte sich häufiger selber ans Bein. Als er noch Wassermelone gefressen hatte, war der Tau rot gewesen, seitdem er Zuckermelone fraß, war er weiß. Dieses Weiß zierte nun auch Bauch und Bein. Meine Frau hatte Mitleid, tauchte ein Stück Watte in warmes Wasser und wischte es ihm, sorgsam darauf bedacht, seine Beinchen nicht zu brechen, ab.

Eines Tages pfiff der erste Winterwind ums Haus. Meine Frau legte Musashimaru einen ihrer Strickpullover über das Einschlagtuch. Am selben Tag stellten wir fest, dass ihm auch die letzte Klaue fehlte. Meiner Frau zufolge würde er nun bald ganz »auseinanderfallen«. Der Glanz seiner Flügel, die wie eine Stradivari

geschimmert hatten, war einer stumpfen Farbe gewichen. Gewiss, Mutter Natur sieht vor, dass Nashornkäfer eingehen. Auch Musashimaru, der in der geschützten Wärme der Heizdecke lebte. Wenn meine Frau morgens aufstand, warf sie als erstes mit einem »Und, Musa-chan, wie geht's uns heute?« einen Blick in den Benkei-Korb unter dem Tisch.

An manchen Tagen lag er auf dem Rücken, an anderen verharrte er in einer Ecke des Korbs, ohne zu pinkeln. Nichtpinkeln bedeutete, dass der Stoffwechsel nicht richtig funktionierte. Wir befürchteten das Schlimmste. Mit jedem Tag wurde es morgens kälter. Mittlerweile zog auch ich einen wattierten Morgenmantel über.

Wieder waren die Zuckermelonen alle. Meine Frau ging bei den Gemüsehändlern und Obstverkäufern der Nachbarschaft auf die Suche nach Wasser- oder Zuckermelonen. Doch Wassermelonen gab es nirgends und Zuckermelonen kosteten, egal wo, 3.500 oder 5.000 Yen, was ihr, »um es an einen Nashornkäfer zu verfüttern, doch ein bisschen zu viel sei«, so dass sie von einem Gemüsehändler der Tabata-Ginza eine Yubari-Melone mitbrachte. Die kosteten 500 Yen das Stück. Ihr Fruchtfleisch war orange. Ich probierte, es schmeckte grässlich. »So eine Melone kann ich Musashimaru-chan doch nicht vorsetzen!« rief ich, nahm einen 10.000-Yen-Schein aus dem Portemonnaie und sagte, sie möge davon eine anständige Melone kaufen. Meine Frau ging kaufen. Doch die Melone, die sie für 4.000 Yen mitbrachte, war, als ich sie aufschnitt und probierte, noch kein bisschen reif.

Wohl oder übel beschloss ich, Musashimaru die Yubari-Melone, die meine Frau gekauft hatte, vorzusetzen. Und der fraß die Melone, die mir kein bisschen geschmeckt hatte, als sei sie eine Delikatesse. Das erleichterte uns.

Der Morgen des 19. November war der kälteste in diesem Herbst. Ich bat meine Frau, den Heizofen im Wohnzimmer anzumachen. Doch am Abend war es nicht so kalt. Als meine Frau Musashimaru ein Stück Yubari-Melone gab, zappelte er vor Freude mit den beiden Hinterbeinen genau wie an dem Tag, als er ins Haus gekommen war. Auch wenn es jetzt natürlich Beine ohne Klauen waren.

Als meine Frau am folgenden Morgen, dem 20. November, wie immer nach mir aufstand und mit einem »Und, Musa-chan, wie geht's uns heute?« das Einschlagtuch nebst dem darüberliegenden Wollschal beiseiteschob, rührte Masashimaru sich nicht. Das rechte Vorderbein nach innen gekrümmt, lag er halb auf der Seite da. »Musa-chan, was ist los? Geht's dir nicht gut? Willst du dich heute nicht bewegen?« sagte meine Frau und stupste ihn mit dem Rand des Korbes an. Aber Musashimaru rührte sich nicht. Auf vertrockneten Magnolienblättern hatte er seinen letzten Atemzug getan. An eben jenem Morgen, an dem er genau vier Monate in der »Käferklause« war.

Am Morgen des 26. Mai 1974, fiel mir ein, war meine Mutter in unserem Haus in Shikama (Banshu), meiner Heimat, um Oma Mika zu wecken, ins hintere Tatamizimmer gegangen, wo meine Großmutter, die abends zuvor noch munter gewesen war, kalt in ihrem Futon lag. Sie war neunzig, als sie starb. Ein Alter, in dem man zufrieden sein Leben beschließt.

Meine Frau weinte sich die Augen aus. Auf der Kommode im Wohnzimmer breitete sie blutrote Kakibaum-Blätter aus, legte die Gleditschienblätter, die wir im Yoyogi-Park gesammelt hatten, darum, bettete den toten Musashimaru darauf und richtete einen Altar her. Der Leichnam sah aus wie ein Stein. Wahrscheinlich war der Käfer zeitlebens allein und enthaltsam gewesen. Ich stellte mich aufrecht hin, legte die Hände aneinander und rezitierte das Herz-Sutra.

Kurz vor Mittag erreichte uns zur Feier der Veröffentlichung meines Erzählbandes *Konrinzai* (»Die äußerste Grenze«) beim Verlag Bungei Shunju aus dem Elternhaus meiner Frau in Iioka am Kujukuri-Strand in Shimousa ein Paket mit zwei rot gekochten Hummern und einer Flasche Amazake. Den tranken wir abends, zusammen mit dem Hummer, zur Totenwache. Was war es doch für ein Zufall, dass Musashimaru ausgerechnet in unserem Haus gelandet war. Meine Frau sagte: »Dank Musashimaru war ich die vergangenen vier Monate glücklich«. Ich sah auf den Hummer und sagte: »Hiermit feiern wir seinen Eintritt ins Nirvana.« Meine Frau sagte: »Jetzt, wo ich Hummer gegessen habe, ist mir irgendwie kalt.« Uns beide überkam tiefe Trauer.

Nachwort

Es gibt dieses Haus, es gibt den Park, und es gab natürlich den Käfer. Ähnlichkeiten mit lebenden oder verstorbenen Personen – oder eben auch: Käfern – sind bei Choukitsu Kurumatani, der die Welt stets aus seiner Welt heraus beschreibt, nie zufällig. Sie sind beabsichtigt.

I

Im Moment seiner Geburt hat der Mensch schon verloren. Er muss sich also, um es mit den Worten Osamu Dazais zu sagen, schon bei seiner Geburt entschuldigen. Das ist hart. Es ist hart, weil er für ein Leben kämpfen muss, das von vornherein verloren ist, und der Sieg, selbst wenn er siegte, bedeutungslos.

Choukitsu Kurumatani, bürgerlich Yoshihiko Kurumatani, wird am 1. Juli 1945 als ältestes von vier Kindern der Eheleute Ichiro und Nobuko Kurumatani in der Stadt Shikama, heute Himeji, in der Präfektur Hyogo in Westjapan geboren.

Schon früh lernt er, was es bedeutet, kein Geld zu haben. Das Land, das die Familie besitzt und bewirtschaftet, wird ihr 1947 im Zuge einer Landreform entzogen. Da das Kimonogeschäft, das sein Vater aufmacht, nicht genug abwirft – »nach dem Krieg wollten die Leute Anzüge und Kleider tragen, keine Kimonos« – muss Kurumatani seine Mutter häufig zur Oma mütterlicherseits begleiten, die einen Geldverleih betreibt. »Das Geschäft besorgte mein Vater, aber Geld leihen ging er nicht. Darum sagte er zu seiner Frau, also meiner Mutter: ›Geh zur Oma und leih dir Geld.‹ Weil ein Besuch während des Tages ungünstig war, nahm meine Mutter mich nach dem Abendessen, so gegen acht, an die Hand und machte sich auf den Weg. Natürlich war es nicht ganz einfach, der Oma Geld aus den Rippen zu leiern. Deshalb sagte meine Mutter auf dem Weg: ›Wenn ich dich hinten zwicke, weinst du, verstanden!‹ So bekäme die Oma Mitleid – *Ach, der Enkel weint. Das arme Kind!* – und liehe uns Geld. Wir spielten also Theater. So habe ich noch vor der Einschulung gelernt, dass Geld etwas ist, wofür man einerseits dankbar ist, das andererseits Schuldgefühle auslöst, weil es Leute zum Weinen und zur Verzweiflung bringt.«

Die wohl prägendste Erfahrung seines Lebens macht Kurumatani aber erst einige Jahre später. Er ist zwölf Jahre alt und besucht die sechste und letzte Klasse der städtischen Grundschule. Als er am 20. Mai 1957 nach Hause kommt, wälzt sich seine Mutter schreiend und weinend auf dem Fußboden. Ihr jüngerer Bruder hat sich in Tokyo das Leben genommen. »Ich hatte meine Mutter noch nie weinen gesehen, geschweige denn lauthals weinend auf dem Fußboden. Normalerweise stehen oder sitzen die Leute ja, wenn sie weinen. Meine Mutter so zu sehen, war ein Schock. Sie wälzte sich auf dem Boden und weinte. Zu dem Zeitpunkt wusste ich noch nicht, was ›tot sein‹ heißt, aber meine Mutter, wie sie sich auf dem Boden wälzte und weinte, gab mir eine Vorstellung davon. Dann stand sie auf und sagte: ›Hiro-chan ist tot. Dein Onkel Hiroyuki ist tot!‹ Das war meine erste Begegnung mit dem Tod.«

Als Kurumatani 1961 durch die Aufnahmeprüfung der präfekturalen Oberschule fällt, an der er sich nach dem Abschluss der städtischen Mittelschule bewirbt, spielt auch er für einen Moment mit dem Gedanken, sich das Leben zu nehmen, so schwer wiegt der Schock und das Gefühl, »alles, woran mein Leben hätte anknüpfen können, verloren zu haben.« Die Mutter errät seine Gefühle. Sie beschwört ihn, »nicht zu sterben, so wie Hiro-chan, sondern zu leben«.

Mit achtzehn, im dritten Jahr an der städtischen Oberschule, die er ab April 1961 besucht, entdeckt er seine Liebe zur Literatur, insbesondere zu den modernen Klassikern Ogai Mori und Soseki Natsume. Werke wie *Takasebune* (dt. *Das Geleitschiff Takasabune*), *Abe ichizoku* (dt. *Der Untergang des Hauses Abe*) oder *Kokoro* (dt. *Kokoro*), in denen Haupt- oder Nebenfiguren aus verschiedenen Gründen Selbstmord begehen, veranlassen ihn, sich näher mit dem Freitod seines Onkels zu beschäftigen. Er beschließt, Schriftsteller zu werden und den Tod seines Onkels literarisch zu verarbeiten.

Gegen den Wunsch seiner Eltern, Medizin oder Jura zu studieren (als Rechtsanwalt könne er vielleicht den Grundbesitz »zurückholen«), schreibt Kurumatani sich 1964 an der Fakultät für Literatur der Keio-Universität in Tokyo ein. Ein Jahr später wechselt er an die Germanistische Abteilung der Universität und hört dort sechs Semester lang die Vorlesungen des berühmten Literaturkritikers Jun Eto (1932–1999). Bei seiner ausgedehnten Lektüre entdeckt Kurumatani die autobiographisch geprägten Werke Isota Kamuras (1897–1933), die ihn nachhaltig beeindrucken. Sie zeigen ihm die Form, in der er den Tod seines Onkels literarisch verarbeiten kann: den sogenannten autobiographischen Roman.

Mit einer Arbeit über Franz Kafka schließt Kurumatani 1969 die Universität ab. Er will immer noch Schriftsteller werden, heuert aber, um ein geregeltes Einkommen zu haben, fürs erste bei einer Werbeagentur an. Bald schon aber hat er das Credo des Geschäftsführers – *Lügen, Betrügen, für einen Auftrag ist jedes Mittel recht!* So *kommt man zu Geld!* – satt und verlässt die Firma wieder.

Als 1972 seine Kurzgeschichte *Nanmanda-e* (»Gelobet sei«), in der er seine Großmutter väterlicherseits und deren Tod beschreibt, für den Shincho-Preis für Nachwuchsschriftsteller nominiert wird, kehrt Kurumatani auch dem Verlagshaus, das ihn inzwischen eingestellt hatte, den Rücken, und widmet sich ganz seinem Schreiben. Die Nominierung und der damit einhergehende Abdruck seiner aus weit über tausend Einsendungen ausgewählten Kurzgeschichte in der Zeitschrift *Shinchô* beflügeln ihn. Zum ersten Mal hat er das Gefühl, »vielleicht wirklich Schriftsteller werden zu können«. Aber der Erfolg bleibt aus.

Vier Jahre später, seine finanziellen Mittel sind erschöpft, verlässt Kurumatani Tokyo und »flieht« nach Shikama. »Ich dachte, ich hänge das Schreiben an den Nagel. Ich habe kein Talent. Mit drei Veröffentlichungen in *Shinchô*, zwei Kurzgeschichten und einem Essay, ist meine Schriftstellerkarriere eben beendet. Meine Lage erlaubte keine Gedanken an die Zukunft. Wenn man seine Miete nicht mehr zahlen kann, ist man am Ende, kann man nirgendwo bleiben. Alles, was sich verkaufen ließ, hatte ich schon verkauft. Außer dem, was ich am Leibe trug, besaß ich nichts mehr. Ich hatte kein Geld, keinen Platz zum Schlafen. Ich hätte mich höchstens unter eine Brücke oder in einen Park legen können. Also floh ich erst einmal zu meinen Eltern. An das Danach verschwendete ich keinen Gedanken.«

Bei seinen Eltern stößt Kurumatani auf wenig Verständnis. Sie wenden sich im Gegenteil von ihm ab.

Im April 1976 beginnt er eine Ausbildung an einer Kochschule in Shinobumachi, einem Ortsteil von Himeji, bevor er ein gutes Jahr später schließlich »aussteigt« und ein Vagabundenleben beginnt, in dessen Verlauf er sich zumeist in Kneipen und diversen anderen Etablissements im Großraum Osaka-Kobe als Küchenhilfe verdingt. Er sagt: »Wenn ich kein Schriftsteller werden kann, bleibe ich eben für den Rest meines Lebens Küchenhilfe.«

II

Es gibt Sprache, die lebt, und es gibt Sprache, die nicht lebt. Die formelhafte Sprache, die ich als Angestellter sprach, war tot, zumindest schien mir das so. Die Sprache der Küche aber lebt. Wenn mir dort einer sagt, ›hol den Rettich‹, antworte ich, ›sofort‹, und hole den Rettich. Das lebt *irgendwie. Wenn man ein Messer nicht richtig handhabt, schneidet man sich in den Finger. Wenn man sich in den Finger schneidet, fließt Blut. Wenn ich mit dem Messer Rettich schäle und eine Garnitur für Sashimi schnitze und dabei einen Fehler mache, fließt Blut. Die Küche ist eine Welt, in der man nicht* leichtfertig *lebt. Ohne diese neun Jahre als Küchengehilfe, glaube ich, hätte es den späteren Schriftsteller Kurumatani nie gegeben.*

Während seiner Zeit als Küchengehilfe wird Kurumatani zweimal von einem befreundeten Redakteur aufgesucht. Dieser versucht ihn dazu zu bewegen, wieder zu schreiben. »Vor zwei Jahren, als ich dich in Amagasaki besuchte, konnte ich dich nicht dazu überreden. Heute gehe ich nicht eher weg, bis du mir versprochen hast, wieder nach Tokyo zu kommen und zu schreiben.« Kurumatani willigt ein. Gegen vier Uhr morgens verspricht er, ein Manuskript zu liefern.

Die Erzählung *Manzô no baai* (»In Manzos Fall«), die er ein halbes Jahr später abliefert, wird für den Akutagawa-Preis nominiert. Wieder bleibt es allerdings nur bei der Nominierung. Dennoch kehrt Kurumatani, entschlossen, es doch noch einmal als Schriftsteller zu versuchen, nach Tokyo zurück, wo er, um sich über Wasser zu halten, in einer Werbeagentur eine Stelle als Anzeigenakquisiteur annimmt. 1990 bricht er in der Agentur zusammen, muss für zwei Monate ins Krankenhaus und gibt die Stelle auf. Im Winter desselben Jahres lernt er die Lyrikerin Junko Takahashi kennen, die er vier Jahre später heiratet.

Beim Durchforsten seiner Notizen, auf der Suche nach einem Stoff, den er zu einem »preiswürdigen«

Werk verarbeiten kann, stößt er wieder auf sein erstes, ursprüngliches Schreibmotiv: den Freitod seines Onkels. »Wenn ich das zu Papier gebracht habe«, sagt er sich, »habe ich meine Aufgabe erfüllt, dann kann ich Mönch werden oder aussteigen«, und verfasst – inzwischen ist er siebenundvierzig – die Erzählung, die ihm den literarischen Durchbruch bringt: *Shiotsubo no saji* (»Der Löffel im Salzfass«). 1993 bekommt er dafür den Preis des Kultusministeriums für Nachwuchsschriftsteller und den Yukio-Mishima-Preis. Der finanzielle Erfolg bleibt allerdings aus.

1995 wird er mit dem Roman *Hyôryûbutsu* (»Treibgut«) abermals für den Akutagawa-Preis nominiert, geht aber auch diesmal leer aus. Die Enttäuschung und die Tatsache, dass das Kaufhaus, in dem er mittlerweile arbeitet, um den Lebensunterhalt für sich und seine Frau zu bestreiten, ihn im Zuge einer »Umstrukturierung« entlässt, lösen bei Kurumatani schwere Depressionen aus. Er begibt sich in Behandlung.

Zum Gelderwerb beginnt das Ehepaar, in Heimarbeit aushäusige Manuskripte zu lektorieren. Die verbleibende Zeit nutzt Kurumatani zum Schreiben.

In der Novemberausgabe der Zeitschrift *Bungakkai* erscheint 1996 schließlich der erste Teil des Romans, der ihn »sechs Jahre gekostet hat« und der für ihn zum Wendepunkt wird: *Akame shijûya-taki shinjû-misui* (dt. *Versuchter Liebestod*). Für diesen Roman, die Schilderung seiner Zeit als Aussteiger, erhält Kurumatani 1998 den Naoki-Preis. Die Auszeichnung etabliert ihn endgültig als Schriftsteller und saniert ihn auch finanziell: Die Verkaufszahlen seiner Werke erreichen astronomische Höhen. Schon im Februar des darauffolgenden Jahres kauft das Ehepaar das Haus in Komagome-Sendagicho.

Mit *Akame* wird Kurumatani auch internationale Aufmerksamkeit zuteil. Der Roman wird ins Deutsche (*Versuchter Liebestod*, cass: 2011), ins Englische (*The Paradise-Bird Tattoo (or, Attempted Double-Suicide)*, Counterpoint: 2011) und ins Französische (*Double suicide manqué aux 48 cascades d'Akamé*, Vagabonde: 2016) übersetzt. Die Verfilmung von Genjiro Arato wird 2004 auf der Berlinale gezeigt.

Musashimaru erscheint im Februar 2000 in der Zeitschrift *Shinchô*. Ein Jahr später erhält Kurumatani dafür den Kawabata-Literaturpreis.

III

Dankesrede für den Kawabata-Preis

Man hat mir den siebenundzwanzigsten Yasunari-Kawabata-Preis zuerkannt. Welch eine Überraschung!

Die mit dem Preis bedachte Erzählung, *Musashimaru*, ist, was bei meinen Werken selten vorkommt, ohne Gift. *Nein, nein*, würde meine Frau (Junko Takahashi) jetzt sagen, *da steckt auch eine gute Portion Gift drin*. Nun, ich war immer schon der Ansicht, dass Literatur ohne Gift keine Literatur ist. Befallen vom Gift meiner eigenen Manuskripte, bin ich durch die Hölle gegangen.

Vom Frühjahr 1965 an habe ich an der Keio-Universität drei Jahre lang die Vorlesungen von Jun Eto besucht. Jun Eto hat mich, der ich nicht den geringsten Schimmer von Literatur hatte, gelehrt, was Literatur ist. Am 21. Juli 1999 nahm Eto sich das Leben. Aus meiner Trauer über diesen Verlust ist *Musashimaru* entstanden. Wenn Eto noch lebte, hätte er sich, glaube ich, über diese kleine Erzählung gefreut. Möge seine Seele in Frieden ruhen.

(Erschienen in *Shinchô*, 2001: 6)

Choukitsu Kurumatani starb am Morgen des 17. Mai 2015 in seinem Haus in Komagome-Sendagicho. Er erstickte an einem Bissen, der ihm in die Luftröhre geraten war.

Quellen

Himeji City Museum of Literature: *Sakka Kurumatani Choukitsu* [Der Schriftsteller Choukitsu Kurumatani]. Himeji: Himeji Bungakkan, 2007.

Kurumatani, Choukitsu: *Zenikane ni tsuite* [Über Geld]. Tokyo: Asahi Shinbun (Asahi Bunko), 2005.

Kurumatani, Choukitsu: *Shiotsubo no saji* [Der Löffel im Salzfass]. Tokyo: Shincho (Shincho Bunko), 1995.

Kono yo no ku o kaki-tsuzukete [Alles Leben ist Leiden – darum geht es]. Am 22. April 2007 im NHK-Bildungsfernsehen ausgestrahltes Interview mit Choukitsu Kurumatani.